LA MAISON HANTÉE QUE JACQUES A BÂTIE

LA MAISON HANTÉE QUE JACQUES A BÂTIE

Helaine Becker

Illustrations de **David Parkins**

Texte français de
Marie-Andrée Clermont

Éditions
■SCHOLASTIC

Catalogage avant publication de Bibliothèque et Archives Canada

Becker, Helaine, 1961-

[Haunted house that Jack built. Français]

   La maison hantée que Jacques a bâtie / Helaine Becker ; illustrations de David Perkins ; texte français de Marie-Andrée Clermont.

Traduction de: The haunted house that Jack built.
ISBN 978-0-545-98540-6

   I. Parkins, David II. Clermont, Marie-Andrée
III. Titre. IV. Titre: Haunted house that Jack
built. Français. V. Titre: This is the house that Jack built.

PS8553.E295532H3814 2010   jC813'.6   C2010-900163-X

Édition publiée par les Éditions Scholastic, 604, rue King Ouest,
Toronto (Ontario) M5V 1E1 CANADA.

6 5 4 3 2 1   Imprimé à Singapour 46   10 11 12 13 14

Pour l'envoûtante Jennifer MacKinnon,
et pour Jackie, ma soeur, qui pense que
ce livre aurait dû s'intituler *La maison
hantée que Jackie a bâtie.*
— H.B

Pour Paul et Wendy, en souvenir des fêtes
de l'Halloween dans la grange et des feux
de joie du Nouvel An dans la neige.
— D.P.

Voici la maison que Jacques a bâtie.

3

Voici le ragoût
Qui refroidit dans la maison que Jacques a bâtie.

Voici le fantôme

Qui goûte le ragoût

Qui refroidit dans la maison que Jacques a bâtie.

Voici la goule

Qui fait peur au fantôme

Qui goûte le ragoût

Qui refroidit dans la maison que Jacques a bâtie.

Voici la momie

Qui chasse la goule

Qui fait peur au fantôme

Qui goûte le ragoût

Qui refroidit dans la maison que Jacques a bâtie.

Voici la bête à la corne effilée
Qui bouscule la momie
Qui chasse la goule
Qui fait peur au fantôme
Qui goûte le ragoût
Qui refroidit dans la maison que Jacques a bâtie.

12

Voici la fée esseulée

Qui surprend la bête à la corne effilée

Qui bouscule la momie

Qui chasse la goule

Qui fait peur au fantôme

Qui goûte le ragoût

Qui refroidit dans la maison que Jacques a bâtie.

Voici le Comte rôdant jusqu'en matinée

Qui mord la fée esseulée

Qui surprend la bête à la corne effilée

Qui bouscule la momie

Qui chasse la goule

Qui fait peur au fantôme

Qui goûte le ragoût

Qui refroidit dans la maison que Jacques a bâtie.

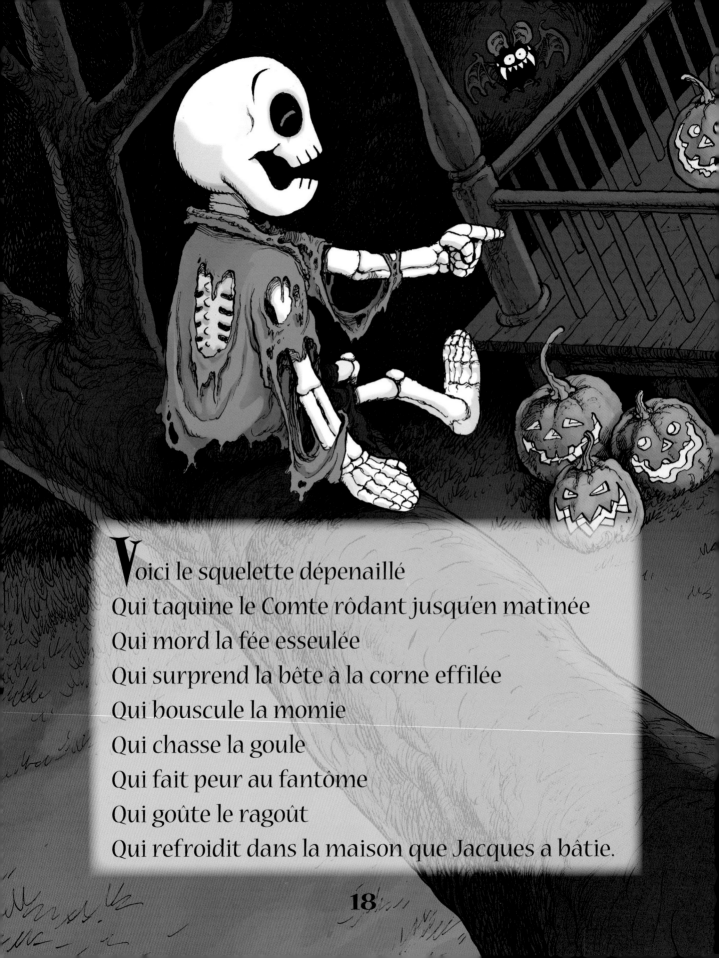

Voici le squelette dépenaillé

Qui taquine le Comte rôdant jusqu'en matinée

Qui mord la fée esseulée

Qui surprend la bête à la corne effilée

Qui bouscule la momie

Qui chasse la goule

Qui fait peur au fantôme

Qui goûte le ragoût

Qui refroidit dans la maison que Jacques a bâtie.

Voici la sorcière malintentionnée,

Qui fait cliqueter les os du squelette dépenaillé

Qui taquine le Comte rôdant jusqu'en matinée

Qui mord la fée esseulée

Qui surprend la bête à la corne effilée

Qui bouscule la momie

Qui chasse la goule

Qui fait peur au fantôme

Qui goûte le ragoût

Qui refroidit dans la maison que Jacques a bâtie.

Ah! mais voici un monstre qui fait du maïs soufflé!

23

Il en offre à la sorcière, maintenant fatiguée,
Au squelette cliquetant et dépenaillé,
Au Comte amoureux qui a fini de rôder,
À la fée merveilleuse qui n'est plus esseulée,
À la bête à deux têtes dont la corne est froissée,
À la momie redoutable,
À la goule formidable
Et au fantôme effroyable.

Ensemble, ils mangent du ragoût,
Et tous leurs bonbons d'Halloween.
C'est une fête divine
Dans la maison que Jacques a bâtie!

Ragoût de squelette de l'Halloween

une recette de Pierre Tombal

Mêle une pincée de cartilage
à un soupçon de ligaments.

Ajoute un os à cet alliage
et de la colle en complément.

Remue cela dans un faitout
pour avoir un vilain ragoût.

Laisse toute cette matière
bouillir au cimetière.

À l'heure du souper,
dépêche-toi de décamper!